圖像創作／徐詩沛

平

庸

之

作

獻給

C.M., Roman & Roger
以及在疫病大流行中逝去的生命

平　庸　之　作

IV

V

VI

VII

序　言

敬文東／中央民族大學文學院教授

　　現代生活的要義之一，實非失去莫屬。這也許是何杉的詩集《平庸之作》的要義之一。在現代日常裡，我們飽經逃離、遺忘與喪失，匱乏是現代人的常態。詩人何杉對此心有靈犀：

> 愛就是愛／逃離就是逃離／失去就是失去／懷念就是懷念著／無法追趕就是無法追趕。——節選〈無盡的河〉

　　古往今來，人們遭逢的最強烈的失去無疑是死。就像倉央嘉措曾經寫道過的：「世間事／除了生死／哪一件不是閒事？」何杉也寫過：

> 新生不過是死亡的延續／死亡不過是新生的終點。
> ——節選〈時間之戰・六・夜航船〉

　　當然，談論死亡是一件恆常恒新之事，何杉樂於給同行或後來者留下新的空間。《平庸之作》是一本漫溢著悲傷、沉痛以及悲憫的詩集。在這本詩集中，讀者將不斷被詩人帶向瀕死的體驗當中：

> 有風的早晨，鐘聲迴響在城裡／循著死亡的氣息，我一路追到博物館。——節選〈博物館導覽〉

> 我們一輩子都在參加葬禮。／只有在最後一個葬禮中，我們／才成為了主角。——節選〈學生〉

> 我等待，我乞求／而在等待與乞求之間／日子衝下斷崖。——節選〈正午的日子〉

> 在你面前，我們都是倖存者／我們永遠都是。／萬物皆可造就死亡，／除了死亡本身。——節選〈人與煙塵〉

這樣的句子和段落實在不勝枚舉。它們精彩但十分平實，平實卻又十分精彩，體現了何杉出色的詩歌技藝。儘管題為《平庸之作》，但這本詩集的核心主題卻是關於死亡的思考，以及隨著重複又重複的失去而來的末世體驗。何杉筆下的城市亦由此帶著縈繞不去的廢墟感，這是時代之痛也是詩人何杉的切膚之痛：

> 孫子，我願你在夢中自由，／因為世界正在紛紛折斷。——節選〈廢墟之書8：3〉

所謂平庸，更多的不過是在死亡面前，在時代的激烈變動當中，在一種強烈的無力感之下，詩人僅能選擇無可奈何的自嘲：

> 事件，包圍著我們。它們定義我們。／它們藉由我們的言說而存在，或者說：／它們透過我們而持續發生。／事件並不在乎我們是誰，是某人／是庸碌之輩，還是海員，它依據自己的意願而持續著。——節選〈存在的每一刻〉

有會心的讀者當然可以看出，何杉的詩作中瘟疫一般的死亡氛圍從何而來。它有無力的疲憊，有時事的沈痾，也有何杉在其生死觀背後表現出來的時間觀，這為何杉的寫作帶來了語言上的顯著特點。流動般的敘述方式和語感，讓何杉在他的詩作中構建起一個「流動性的世界」。

在何杉眼裡，世界總帶有某種傾頹的危險；世界倒向的地方，是一種巨大的、空曠的虛無，人們對死亡的恐懼正如對流芳千古的嚮往。但正是這種危機的來源，正是這種不斷革故鼎新、彼此拋棄的現代生活，帶來了新的可能性，彷彿毒物十步之內必有解藥一般，命運的啼笑總在暗中嘲弄一切。《平庸之作》在愈加探究裡，愈加沉浸在詩人何杉所營造的死亡氛圍中。

奇怪的是，《平庸之作》在不斷對生死的追問裡，死亡的神秘與可怖卻漸漸消弭，便也愈加發現何杉對死亡的態度愈加曖昧：

> 因為存在一個死後的世界，戰爭寫在莎草上。／孩童們在廢墟里亮著。──節選〈在進行時態和未來時態之間的孩子們〉

何杉書寫死亡，卻不像海子那樣過度迷戀死亡。他對失去、消逝、死亡的關注，全然出於對生活的強烈熱愛和珍視。

死亡是《平庸之作》的核心主題，卻並非唯一，何杉並不畏懼於死的隔絕，詩集以〈一個兒童〉作為結尾可謂明證。而對於一個成熟的詩人來說，以何種語氣作為詩集的結尾是一件很考究的事情，並非輕易之舉。何杉僅僅是帶著強烈的末世感和廢墟感，面對滿目瘡痍的世代，期待未來的世界可以重新獲得它自己：

> 那個撿到名字的孩童，／在製服的線上來來回回走。／一團模糊的光亮起來，像個煙斗／或恆星莊重地謝幕。──節選〈一個兒童〉

兒童作爲何杉詩作中與死亡相對的另一個重要意象，昭示著不可知的未來，一種嶄新的時間。很顯然，何杉期待一個兒童的出現，正是期待未來的可能性，也是對自身的放逐，因爲作爲平庸者的他這一代人已經無力改變任何東西。但何杉嚮往全新的力量來改變他無法改變的一切，重新撿起一個名字，重拾舊山河。無論如何，何杉內心的愛已然透過死的陰霾看到了新生。他對現代經驗的敏銳，讓他的詩已然深入日常生活的要義。關於失去是一個時間問題，關乎死亡亦是，關乎期待、未來同樣亦復如是。當一切堅固的東西都煙消雲散後，現代生活的一切便凝結在時間之中：

　　萬物都在轉換，這只是時間問題。——節選〈時間之戰·一·阿雷西博自毀〉

二〇二三年五月十日，北京魏公村。

NO.

I

兩個擁抱

我曾收藏了兩個擁抱
來自無畏的心
和慷慨之善

兩個擁抱,在我肩頭
輕輕唱歌。當我
準備踏入世界

簡單之事給予我們力量,和勇氣。

俳　　句

一雙新皮鞋
費力、僵直
在這流動時間裡的一個木偶

在黑暗中獨坐，
並且沉默，
多麼稀有的一刻

所謂權力，
意味某人如何解釋你
如陰影般，籠罩你將要踏出的下一步

一家一家地
去了各種商店
只是為了能和推銷員說幾句話

模仿日本俳句而記錄的隻言片語。

隨想曲

為《鬼城》薩瓦納而作

我起身，骨頭的脆響提醒我：
革命尚未結束
但夜正敞開它滾滾的河床。
禁足令還在蔓延，我們重新學習
如何舞蹈，如何把影子
畫在街道上？

排列好以下物品：紅墨水鋼筆、別針、
刀片、果核，以及零碎的句子，
我們籌劃著一場自殺，
並盡量不打擾鄰居：
他們忙著填寫自己的體重表。
靠左邊，或右邊，緊貼在冰箱門上
或藏進某個未來不再打開的抽屜。

我知道該對自己誠實，
但那恰恰是最難完成的任務。
一切都努力排列整齊
最後總會陷入一團混亂。
我起身，黑夜輕微爆裂，
在安靜而冰涼的匣子深處，
心愛之物正在失去。

我記起：曾把父親放進一個盒子，
他在那個角落喃喃自語，
提醒我不要忘記隨時整理行李。
生活在這裡斷開。一處埡口
我卡頓於此，像條找不到泊位的快艇
革命正在列隊走過，
黑暗裡的種子，一聲脆響。

《鬼城》攝自薩凡納，這是冠病疫情開始蔓延的階段，太多人正在死去。

跳這一隻舞

陽光灑下音符，日子紛紛披落在肩背，
所以你們跳舞——左手和右手，彼此搭著。
莫比烏斯環[1]旋轉。無可抵達的內側和外側。

你們旋轉，星星退卻。一顆原子繞著另一顆，
純然的引力。讓愛無法被奪走。
六角或者八角的芒，眩暈我們——
始於天鵝座α[2]，抵近獵戶座[3]的腰帶

你從廣袤沙漠來，跳著舞進入一條河，激起洄漩
你們交會，兩條大河在平原上遇見，
彼此不再遺忘，也不再乾涸。
「活在我的靈魂裡」「在你的肺裡，在你的骨裡。」

你們太老了，對死亡來說，已不是適合的年齡，
所以你們應該跳這一隻舞。
我也太老了，老得像模糊的星光，
對舞者來說，最好做一個旁觀的人。

所以請在最好的日子跳舞，影子變長變短，
你們什麼也不說，
世界的吵鬧順著層層樹葉，波浪一樣退到遠方；
我看見天穹裡有灰燼飄落：
某顆星星已死，更多的正在死去……

所以我們跳舞吧，在一切消失以前。

人總會老。但老去以前，我們早已變成了一堆廢墟，就如同馬康多⁴早就毀壞了。也許可以把這看作一個寓言。

1 莫比烏斯環（Möbiusband；又譯梅比斯環、麥比烏斯帶）可將紙條的其中一端扭轉 180 度後，再把兩個端點黏在一起，即可組成。也因其外觀與無窮大的符號「∞」相似，所以兩者常有創意上的聯繫；除此之外，其不同一般的紙張可直觀的區分正反面，因其扭轉的結構，使得莫比烏斯環整體皆為同一面，所以從紙上任一點往前繞，最後都會繞回到原點。

2 天鵝座α又稱天津四（Deneb），傳說是牛郎與織女故事會面時，由喜鵲所搭的「天津」橋之一；也有傳說「天津」為護送織女的仙女。

3 在希臘神話中，俄里翁被阿波羅的設計，被心愛的月亮女神阿耳忒彌斯誤殺，而阿耳忒彌斯為了彌補過失，將俄里翁化成獵戶座，也延續了他們的愛情故事。

4 馬康多（Macondo；或譯馬孔多、馬貢多）是一座由加夫列爾·加西亞·馬爾克斯建構的虛構城鎮，也是《百年孤寂》中布恩迪亞家族的故鄉。

黃昏，或萬物皆有其時

有人大喊：走！
於是我們列隊。向一日結束之處行進。
像個孩子跌跌撞撞跑向心愛的絨毛熊
但是日間的事物正在改變，以不可見的速度
我們經過自己的衰老，
一個岔路，
然後下一個。

我們列隊，像一群乞丐
撲向一枚搖搖晃晃滾向下水道的硬幣。
困厄藏在夜裡，影子追逐腳後跟。
聽從某個不可見的指揮，
雲一層一層摺起來，忠誠的樂手
收拾起中提琴、圓號、長號、豎琴和鼓。

有人大喊：「走！」
然後我們往結束之隙狂奔，
像一聲尖嘯，穿破胸中的信念
雜草進逼，肆意淹沒道路，烏合之眾。
對著受刑人吐唾沫、嘲笑，
「美好者不祥之器」[1]
——黑夜般的污穢拖垮了我們每一個。

我們連滾帶爬。
最後的霞光尚未關閉，但是
萬物已經改變，以無法書寫的速度。
暮色，是通往結束的彩排：
我們一路奔入人世。
我們一路奔出人世。
萬物皆有其時。

如果從最後一句開始倒著閱讀，這個作品將會有不同的面貌，或許會獲得
不同的認知？

1 取自司馬遷所著的《史記》:〈扁鵲倉公列傳〉——故老子曰「美好者不祥
之器」，豈謂扁鵲等邪？若倉公者，可謂近之矣。其文中的老子曰:「美
好者不祥之器」，衍生自《道德經》。

禁　　令

有兩種禁令：外部施加的，和自我釋放的。

禁止行動、隨意談論、夜間飲酒、耳語
討論巫術、傳播新聞、閒逛、禁止生育或不生育
禁止旅行、閱讀、變性、演奏、種植樹木、裸體
摘花、戲水，或是禁止使用某種顏色
爲一首歌鑲嵌銀邊。禁止活著，以及不名譽地死

然而來自內心的禁令更可怕。
彷彿有力的魔咒，你感覺到某種黑暗，無以名狀
魔法之源泉發出無聲號令，抓住你的雙足
玻璃樣的假眼凝視，夾雜恨意與快感
沒有辯解的餘地，更無可以爭辯之人
因那禁令發出之人便是自身。

一個禁令，一堵密謀的牆，一折戲戛然打住
它發出，是最初的火；不折不扣地推進，
猶如帖木兒汗¹的馬隊把我們逼上山。
我們擠上懸崖，我們沉沒下去。

和全世界各種不同的禁令比較起來，自我賦予的禁令最可怕。當我要說，而頭腦阻擋了我的舌；當我需要行動，而頭腦爲我的手腳設下了枷鎖，那麼我還是自由人嗎？

1 帖木兒汗（تيمور ؛ 1336－1405）是帖木兒帝國的奠基人，也是突厥化蒙古人，終生抱持大蒙古帝國思想。在1369年奪取西察合台汗國的汗位，建立了帖木兒帝國，其在戰場上驍勇善戰，於統治上富有謀略，可行事上十分殘暴，視屠城爲必要的征服政權之手段，爲歷史留下嗜血的一頁。

攝／idildemir

我尋求不被限制的生活

我尋求不被限制的生活。
那是：
不被日常所限制
不被想像力的匱乏所限制
（發明一本新詞，然後撕碎它！）
在冷冽晨光裡跳舞，卻不被舞鞋限制
在有限中，卻不被那有限性所限制

不被肉販子的油膩所限制
不被鯖魚的內臟四濺所限制
蒼蠅繞著它演說：冗長、無聊
生活在陰影裡，而不被那涼爽所限制

對規則的大屠殺就要開始。
不要被憐憫、生命的短促性和命名方式所限制
不被宮廷禮節所限制，也不被
參與者的冷眼旁觀所限制
就當作一次即興的出門遠足吧

不被鼓面的瞬間顫動所限制
不被閃電中的銀亮雨絲所限制
不是時間的往復輾轉，而是你離開後的空白
限制我們往深處多邁一步

不被墓園裡侵蝕、切割的溝渠所限制
不被結縷草的擴張和漸漸覆蓋圍籬的青蔥所限制
預言像鮮奶油一樣，凝結
從你晨霧般的死亡中，我學會了
不被周遭的沉默所限制

你移動，但不被那黏稠所限制
你傾瀉，但不被那想像的瘋狂所限制
你親吻，但不被其內在的空洞和無意義的承諾所限制
像普羅米修斯，不被鷹的利喙所限制

你說：「在命運中」，
是的，在命運中。但不被它限制。

我想我不會到達這樣的境地。或許你可以是——不被限制的存在？

長梯故事集

一

我聽見：鐮刀對麥稈唱著情歌，
下一刻，麥子就親密地吻上了刀鋒，
愛情令他們盲目，而且奮不顧身。

二

我聽見：在雨的間隙，一隻青蛙放縱著歌喉，
後來，過度的聒噪（坦白）引來憤恨
——現在，它徹底安靜了。

三

濃蔭裡，一隻蟬努力傾訴著
後來，它沉默了。無法表達的痛苦，
讓它陷入長久的孤獨。

四

對一塊頭盔形狀的雲說：我認識你，很多年了
它高傲地游移，並傾瀉下許多烏鴉，
這個秋天貧瘠又蒼老。

五

他們在街邊。麵攤上的最後兩碗麵
老婦喝完湯剔了牙，老男人厭惡地轉頭。
他獨自掏鑰匙，開門、關門。和他的影子
嘆了一口氣。

六

夜對大地表白時，
縱貫而下的閃電——就是情書，
而她和他撕扯、角力，徹夜暴雨。

七

雨小了，但沒有停。他們出門漫步，
背著家當去郊遊。咔——吱——
一隻穿運動鞋的腳落下，它們變成一團泥漿
也徹底毀了這次遠足。

八

她低頭寫作。
三四根長髮逃出髮夾，
從左邊臉頰垂下。我們十四歲。

柔軟地擺蕩。一次，兩次。永遠。
攪動我們之間的靜默
很多小小的漩渦
在空氣裡。

九

「早！」抹香鯨輕輕搖動龐大的骨架，
細細的陽光攪拌灰塵；
「早安！」妻子從不遠處回應，
博物館的屋頂上，天空如海水般湛藍。

十

有一個好故事
可惜，講故事的人早就化了灰，
聽得懂的人永沉海底。
可惜了一個好故事。

十一

求偶的歌聲吸引了一隻鸛鳥。
它被黏住，倒吊，裸露著慾望。然後另一隻。
不久，更多鸛鳥趕來。
一場被捕獵者的盛會。

十二

一個男人踏出去。
一個男人沒有留下什麼就離開了。
一個男人眺望四十七樓以外的輝煌都市。
一個男人被解僱的電郵，還在手提電腦屏幕上亮著。

十三

時候到了，他們紛紛取出防護服。
他們全副武裝，「時候到了」──他們說。
只剩下我們，惶惑不安、四處觀望，
他們把那叫做：犧牲。

十四

一個被徵收的酒店。我們知道彼此
在幾英尺以外的存在，傾聽隔壁房間的動靜
直到我們被徹底遺忘。
成為粉塵般的地毯的一部分。

十五

午後，它又來了。我們隔著窗熱切交談。
時間在滿屋子的灰和寂靜中呼嘯而去
──暮色淹沒了一切，
那塊云在黑暗小隱身。
而我們尚未道別。

十六

她十歲，在照片裡微笑著
留下母親，不甘心地掙扎、搏鬥
新聞裡說：是個男孩侵犯了她，不過
只是個男孩。十三歲。
所以不是他的錯。

十七

對於逃過了大屠殺的人來說，
一縷自由而溫暖的秋日陽光
就是最好的禮物，
對我，同樣如此。

──讀《艾希曼在耶路撒冷[1]》──

十八

向遠處……
迷宮沒有邊際，甚至沒有遠方
一直壓到腳下；米諾斯牛化身爲
我們創造的都市，
以其龐大的客觀性吞噬我們。

十九

「這不是你的土地。」
「我只是飛來歇腳……」
正午以酷熱宣告：不受歡迎！
鴉群「轟」地散開
又在我背後陰險地聚集起來。

二十

細長條的雨的污跡，鳥兒留下
不規則糞便；窗玻璃另一側
是爽朗的雲，
和同樣爽朗的傍晚

二十一

細長的火，畫出城市最遠的邊界
每一個亮燈的窗口後面
人間微不足道，
燃燒著。

二十二

我們曾有過美好的時代。
好像一扇門打開了一條縫，
陽光進來了一會兒
然後，門又關上了

二十三

一個男人衝進隔壁房間——
另一個男人倒下。
他跳下高樓，和女性路人一起喪生。
只有雨，是沉默而危險的證人。

二十四

「麥子長滿地了喲，孩子，
你怎麼還不回家——」
麥稈在藍天下面微微晃著，悉悉簌簌
它們說：
媽媽，我被埋在麥子地下了……

二十五

當週圍的生命紛紛凋零，直到
世上不再有人喊得出你的名字
——西比爾[2]，
你是有罪的。

二十六

風裡喊喊喳喳的話語
把空氣猛然抽緊！
一隻正午的蒼蠅
徒勞掙扎：甩腿、哀嚎、振翅
慾望的時刻，獻身的時刻

二十七

我們走路
我們開車出門
我們去各種地方，見各種朋友
我們坐在沸騰的集市裡吃一碗麵
有幾個座位空著，永遠。

二十八

我和疾病說話
我們懇求他，懇求他停下
正在切割的手，脫下沾著血污的橡膠手套
懇求他放過破碎的靈魂，折磨人的夢境
他為難地看看我：你知道⋯⋯我也只是一個玩偶

二十九

去做一件事，一件讓恐懼生長的事
例如：從K2滑雪下山，或僅僅喝一杯
離死亡這麼近，不是為了親吻他
冰冷的嘴唇，而是提醒你
應該怎麼活著。

三十

沉悶、乏味的艾希曼的榮譽時刻：
被准許和海德里希圍坐在壁爐旁，
回味解決一千一百萬人的計畫；
爐火很暖，
談笑聲迴響著，迴響著。

——讀《艾希曼在耶路撒冷》第七章——

三十一

伊阿宋在星辰之海表面漂浮著，
隨時都有傾覆的危險。
但總有一些忙著殺戮、陷害、流放
與他們同一種類的
人。

三十二

噢，我寫了這封信，只想告訴你：
我買了那個背包，
在猶豫了那麼久那麼久以後——
至少，它讓我可以
假裝就要去旅行，
雖然我只是要去板橋
住上那麼幾年。

在被隔離的日子裡，生活在無聲的世界：看得見窗外的街道、雲的翻滾和樹的抖動，但是沒有聲音。每一日，便是長梯上的一階；每一則故事，均是取自當日的新聞。現實世界，超出我們能夠想像的魔幻故事。

1《艾希曼在耶路撒冷：一份關於平庸的惡的報告》（Eichmann   in Jerusalem: A Report on the Banality of Evil）美國政治理論家漢娜·阿倫特所撰；以猶太人大屠殺的策劃人，阿道夫·艾希曼法庭證詞及相關歷史資訊，討論其不具反思能力、跟隨群眾的官僚心態，所造就的「平庸之惡」。

2西比爾（Σίβυλλα，或譯西比拉）後世引申為女先知、女預言家。在希臘神話中，因阿波羅心悅於祂的祭司──「西比爾」，而賜予她預言的能力與遠長於常人的年歲（手中有多少的塵土，就能活多少年）。只是阿波羅並未賜予西比爾永恆的青春，因此西比爾的軀體隨歲月消磨，儼然成了空殼卻仍求死不得。

II

廢墟之書

8:2

孩子，我凝視你的沉睡如花瓣合攏，
而我們正在廢墟邊緣徘徊，
瀰漫著陰謀、迷霧以及謊話。
天使不曾來過，或是已經轉過頭，
孩子，你沉睡，我但願你安穩。
但我們將去往何處？

這一組作品以日期爲標注，寫於2021年。你會明白這些日期的意義，你
會對應自己在那些日子裡的經歷，並思索它對你、家人、朋友、陌生人的
意義。

8:3

我們都知道：世界正在斷裂
但是我們不說，我們無法吐出
這樣羞恥的句子。正如無法承認
偷吃了那顆該死的蘋果：尷尬地轉頭
假裝沒有人曾經犯下任何錯誤。
孩子，我願妳在夢中自由，
因爲世界正在紛紛折斷。

厄運正在趕來的路上，或許
兩個紅燈暫時耽擱了行程。
但是有人己經等不及
彼此厭倦、然後彼此屠戮，
然後彼此埋葬
在春光裡，在春光裡，在那春光裡。

承認自己對這個世界的無能吧。甚至無法多保留一點美好之物。

8:4

月亮升起來了，鋪滿整個夢境，
銀光撫摸鬆軟的獸毛，
每一根都微微地熱著，小獸輕輕呼吸。
孩子，我能為你做的不多：
但願這些句子護衛你的夢境，
免於不可知的恐怖。

月亮下面沒有秘密，
覆巢之下焉有完卵？
我們總想盡可能留住什麼，
但沒有什麼不會失去，
沒有什麼不會被奪走。

希望能為孩子創造一些什麼……

8:5

夜褪去衣衫，讓山水顯露出線條，
起身的時刻到了。

或許並非最好，但深藍的時刻
適宜啟程，暗地裡別去
勝於尷尬地擁抱。

爲了不相見，我們重新建立起空白
失去了一半的面龐
因此變得更美麗。

破曉的光線傾向何方？
那將決定你，或者我的翅膀
抵禦或迎接的姿態

我有一顆果子，一半飽含善意，
豐滿的汁水正要滴下，
化入昨夜春夢。

黯藍色沉沒了，我們打馬上路。
某處的砲彈閃著微光降臨，
有人呻吟著尋找自己的雙腿。

我們像成熟的麥穗般跌落，所有人
正在被採摘，正在被收割，
在一個轉變的時刻。

人們洶湧地來，潮水般離去
我們，我們，
像退潮後留在泥灘上的螺一樣茫然。

如果可以，我希望將最後一段刻在自己的墓碑上。

9:6

哪有勝利可言？
挺住意味一切。

── 萊納·瑪利亞·里爾克[1]《祭沃爾夫·卡爾克羅伊德伯爵》

一個被強制的秋天。
沒有好新聞，沒有成就，沒有穀物的笑聲。
聽完你的敘事（或虛構？）
我動身前往，前往New York。

有個男人坐在New York。
New York坐著遺棄的男人。
New York的子宮裡坐著唯一的人。
淒慘而疲累，他回到這裡放下身軀。

一

異鄉人，今夜在柱廊間歇息
包裹垂落在你腳邊，裡面裝著幾條
灰白的工裝褲，發皺的背心和夢想，
漫長的名單鋪展開，從膝蓋間
拖到地上。一長串的悲哀。

挪動一下悲傷的位置——
結果，他更蒼老也更潦倒。
他從遠方跋涉而來，腋下汗濕了一圈。
跌跌撞撞，在濃霧裡幾乎溺亡，
黑夜黏稠像滿滿一大碗苦的黑糖漿。

當他回到子宮深處，明亮而安穩
暗夜向內窺伺：這不堪折磨的人了
終於安頓下來，斜倚著，陷入
那睡眠賜予他深沉的寂靜，
喧囂如細碎的浪退下去，

異鄉人，New York是一場歡宴，還是一場磨難？

二

正午在龐貝。龐貝閃耀。
正午投下影子。正午極其黑暗。

白天，太陽照亮龐貝；
夜晚，龐貝照亮那不勒斯灣。

黃金是它的同義詞，
牆上大書：「賺錢即歡樂。」

先於岩漿抵達的，是灰。
先於灰抵達的，是恐懼。
比恐懼更早進城的是異鄉人——
他左肩上站著三隻烏鴉，
拖著黑色防水袋。
凝固的灰懸在正午，
岩漿追著他爬過牆腳。

異鄉人，朱庇特²的神殿裡空空洞洞。
異鄉人，他們都去了露天劇場：
一齣喜劇正進入高潮。
他們都去了競技場：血腥味讓人發狂，不是嗎，
加拉德斯和熊³，都決心放倒對方，
殺和被殺一樣痛快！

異鄉的男人，今夜誰在等你回家？
或是誰，在熱帶的晴空下，盼著一卷莎草紙？
唯有你見證結局，
當這座大城陷落於熾熱的灰、噴涌的火、和永恆的沉默。

龐貝凝固在十月某日正午。
至於 New York，祭司說：就在今夜吧！

三

不放肆，也不斷言，我們蹲伏
在萬神殿外，在柱腳暗影，流民
多於滿身口袋的街頭攝影師

大家的日子被洗劫一空，
神啊，這沙塵卷來的秋天。誰還有多餘的犧牲？
燈火將熄，初生的獸跌跌撞撞，
誰知如何轉動暗夜洪大的輪轂？

你去，告訴那人：他接下了我們的重擔，
扛著所有人的責任，連同位高權重者的謊言。
我們在漩渦裡打著轉沉沒，
世上所有人的重量比不過一粒穀子。

而他免於詛咒、免於被採摘和被收割
最後獨自對抗無邊的暗夜，
直到疲憊嘩啦啦將他淹沒。

沉默的風吹散沉默的耳語。

那神殿於是沉沒，沉入淚水深處
如果它曾包覆著良心，
並庇護一兩個無家可歸者。它是
我們的琥珀，
我們的珠寶盒，
我們最後的良心！
大聲唱：「這不是一齣戲！」

神啊，我要如何，如何躲過慾望的圍獵？

四

這是被區別的秋天，
世界還沒有變成一堆灰，但是也不遠。
我寫一段句子，就死了一遍；
殺了我的，是該死的軟弱和同情。

我們希望傳奇永不謝幕，
早餐和陽光，美好的事物重新團聚；
我們希望星星、太陽，一如既往地輪換；
我們希望從未有過心碎，
悲傷的結局沒有發生，
我們希望這個秋天永遠明晃晃；
世界從未荒蕪；
但是我們再也回不去了，
但是我們再也回不去了。

紐約、紐約，勞倫斯‧卜洛克[4]的紐約，愛德華‧霍普[5]的紐約，八百萬人的紐約，我們都在這裡，我們也可能永遠不在這裡。

1 萊納‧瑪利亞‧里爾克（Rainer Maria Rilke；1875－1926），創作廣泛，不乏詩歌、小說、劇本、雜談等，作品也對德國及歐洲詩歌及頹廢派文學影響深遠，著有《生活與詩歌》（Leben und Lieder）、《時刻之書》（Das Stunden—Buch）、《杜伊諾哀歌》（Duineser Elegien）等。

2 朱比特（Iuppiter，又譯朱比特、朱皮特），古羅馬神話中的眾神之王。

3 在龐貝古址的競技場牆上，還刻著當時角鬥士之名與戰鬥事跡：「加拉德斯，大英雄，令人心碎」、「弗里克斯將與熊格鬥」等。

4 勞倫斯‧卜洛克（Lawrence Block，或譯布洛克）美國當代推理小說家，著有《馬修‧史卡德》（Matthew Scudder）系列、《雅賊》（Burglar）系列、殺手凱勒（Keller）系列等。

5 愛德華‧霍普（Edward Hopper，或譯霍珀；1882－1967）美國畫家，繪作多有憂鬱且寂寥的情緒，其膾炙人口的作品《鐵道旁的房屋》（House by the Railroad）、《夜遊者》（Nighthawks）、《加油站》（Gas）等。

9:10

我心中充滿憂懼與不安。
盲者的前夜正在縮短。
將不被魅惑，並洞悉色彩
隱藏的秘密和事物的切實形體。
猶如翻動河底之石，
淤泥飄散，變形蟲紛紛奔逃。

已是啞者。另一種感官的喪失
並不使生命流失更多。
明日撲向我們，狂風中彎腰
把遺落的麵包屑一一撿拾。

成為盲者，世界才清晰地浮現出——
比較濕潤、更迷人的複雜，
彷彿河堤上坐著一群少年
褲腳在風裡劈啪作響。

等待一個事件最後發生，
等待這事件所傳遞的信息，
等待時間流動中顯現其序列，
等待事件緩慢流動，像火山岩漿，
等待事件逐漸凝固，形成一個視界。
等待黑幕布「唰」地墜落，
並為此疼痛不已。

槍與玫瑰（Guns N' Roses，又譯：槍砲與玫瑰）樂團在《十一月的雨》中，
談論如何獨處，但我卻覺得那是死亡的讚歌。

攝 / lcodacci

9:11

天空迅速退卻，藍得不像是終場——
「狂暴的歡愉將有狂暴的終結」[1]，
一群朋友正揪住他，要把這醉酒胡言的巫師帶回去。
他反抗：「燃燒吧，男高音！俄狄浦斯[2]正邁向他的王座。」

為兩千九百九十六人[3]寫下預言，
為六百八十八萬九千七百四十三支蠟燭[4]點上火，
為無聲呼救者紀錄姓名，
「我們終將在沒有黑暗的地方相見」[5]……

有個傳說：「水銀浸泡的心臟，在紀念碑深處埋藏」，
親吻它，它就說一個預言，一個狂暴而溫柔的預言，
關於我自己、你和他們；
但是出口的剎那，命運將以閃電來回答——
直到，我們冷卻成一堆放射性廢墟。

如果它說過這預言——親愛的，你們一定會讀到：
它正降臨，在此刻，
在下一行。

寫於九一一事件二十周年紀念日。

1 出自英國劇作家威廉·莎士比亞（William Shakespeare）的戲劇：《羅密歐與朱麗葉》（Romeo and Juliet）。

2 俄狄浦斯（Οἰδίπους，又譯伊底帕斯）希臘神話中底比斯的國王，在不知情的情況下，殺死了自己的父親，並娶了自己的母親，宛如預言中的命定。

3 九一一事件死亡人數約爲兩千九百六十六人。

4 截止至2023年4月6日世界衛生組織公布的全球冠病死亡人數，但是這數字還在增加中，也有許多人持續受到新冠病後遺症的影響。

5 取自是英國作家喬治·歐威爾（George Orwell）創作的反烏托邦小說：《一九八四》（Nineteen Eighty-Four）。

領　　悟

一個藍的時刻。
冰塊在刀尖旋轉，蠟流淌。
燃燒的不是荊棘，
承諾缺席了
但它們融化。彎曲，低頭。
像被謀殺的領袖。
血跡不斷擴大，暗示
不可逆轉之舞，
暮色裡蒼藍的樂曲。

暮色裡的跑者，我，無可挽回的結束的時刻。

自畫像

對岸的男人一語不發。雷聲在他背後，或身前。
時間的獠牙，正撕裂這一個白日

對岸的男人，拖著從未有過的蒼老：
眉毛不對稱、大小不一的眼睛
左眼獻給月亮，右眼獻給未知——
哪一隻留在此岸之鏡？
哪一隻獻給茫茫恐懼？

皺紋蜿蜒漫生，歪斜扯動的嘴角。
牙齒散亂。毫無生氣的臉。
對岸的男人從夢深處走來。
荒草在野地裡繁榮著，狂風迫使它
倒向一側，披黑衣的信使正趕出城去……
哦，美艷絕倫的人啊！
蒼老在荒涼的城中。

我努力看清這張臉，許久不見的臉
稔熟的皺摺和輪廓線，
曾經摩挲過的皮膚，
透露隱私的空洞，
和無法假裝善良的瞬間。
從時間的獠牙間，他救下又一個白日！

他散發酸臭。或早已開始腐敗
而不自知。從頸上重重皺摺開始
塌縮了肩，腰部累累重負，
掛滿衰老的獎章，
他們就要把它遺棄，換上
更年輕的軀幹，更精緻的皮囊。
從時間的獠牙間，他救下又一個白日！

夢境是讓我們失去時間的理由
搖撼著現在的基礎。對岸的男人
我無法勸說自己，相信他粗糲的審美：
他的死是來自地下的回音，
讚美詩一般離去。
從時間的獠牙間，救下又一個白日！

對岸的男人生於撫愛，終老於
耽溺、放縱、萎縮和自我蔑視。
霧氣在他眼裡升起，對岸的男人：
在過去我們曾有被摧毀的廢墟，
在未來我們只剩下一群殘破的雲。

對岸的男人審視我。他背過身，向鏡子深處走去。
河川在他背後，滔滔向遠方。

我凝視鏡子裡的我，對面的陌生人也凝視我。最可怕的是不瞭解自己的醜
陋，這和年齡本身無關。

博物館導覽

箴言：不要懷抱希望！
但也別被死亡的氣息嚇跑。

一　長　廊

有風的早晨，鐘聲迴響在城裡
循著死亡的氣息，我一路追到博物館。

「在最豐盛時應該折斷，小心地保持色彩」
一些花倚靠著白色支架，透明細線穿過手臂
它們當然都還在，在柔弱的陰影裡歌唱
等待或是觀望──無限延長

死亡的長廊
鐘錶般循環往復
日本折紙般精巧重疊
交響樂團般豐滿又廣闊

來呀！見識蕨類、針葉類、闊葉類
圓形、卵形、鋸齒形、橢圓形、細長形的
凝視。透過無水的葉脈。
完美鋪展的對稱的肢體。每一片葉子都盯著我們。
它們不搖曳，它們沉默。

現在，死亡像一件件樂器，懸掛
在有風的迴廊上，空蕩蕩地搖來擺去。
那麼多的死亡，那麼多的回聲
那麼多的──低語。

二　客　廳

沒有盡頭的一個又一個櫃子
遺體列隊，整整齊齊，銅製名牌在下方
方解石、石英石、孔雀石、
Adam、Bernard、Eve，等等，等等

讓我陳述這過程：如何挖掘死亡的遺跡
如何切開一道傷口，像砍開一段甘蔗
如何欺騙大地說：會永生的！
剝開它，像剝開一顆洋蔥
直抵死亡的核心。

在你的柱狀晶體裡海洋曾經沸騰；
大陸翻轉並留下層疊的紋理；
異界的怒火與地心泥焰交錯；
神擺弄著板塊，猶如孩子推倒一堆積木；
那是凍結了火和凝固的歲月。

解放這些礦石，天空之鑽
喚醒其內在的純淨和沉重！
彷彿奏一段完美的巴赫，
但更完美的，是琴弓停滯以後的寂靜，是寂靜

並非每個死亡都可以被精確計量，
紅寶石旋轉、反射出貪婪。
他並不渴慾，只是照亮你的渴慾，
在物質化的堅固內心，切開一條傷口，
一如當初他們切開大地。

三　舞

死亡是面目模糊的舞者。

她提起腰胯緊貼我的小腹，臉就靠在肩頭；
臉頰的粉底和腮紅──在西裝背心留下淡痕；
吻，遙遠的腐敗氣息。

在她體內，弓形代表記憶，代表
光滑的頭骨，巨大的脊柱和肋骨
不，我不敢觀望她：
是她引導我撫摸、切入她的體內。

她抓著我的手，趁這少年未經人事。
黑暗中浮現微光：狹長而銳利的舢舨劈開浪，
兩排彎刀拱衛下，曾是乳房、曾是心臟、曾是幼獸，
全力擁抱，才明白那溫柔多麼龐大。

她緊緊纏繞我，向內深入，模糊的藍。
溫暖的藍的記憶。汩汩喧囂，島嶼成群。
活著，有多重？死並不奪走那份量
只是記憶凝聚，儲存於白骨。

死之舞者，引領失所的人回家。

四　出　口

我說，一個四下漆黑的房間，
優雅的骨骼登上正中舞臺，
她細膩猶如象牙，
寬闊猶如父親的手臂，
完美勝於一切藝術。
你呼吸，她隨你呼吸；
你注視，她也注視你。

它讓黑暗奪走你的身體，
卻讓光明充盈你的眼睛。

像死亡，它總是醒著、醒著
是黃昏，卻不是黑夜，
是未知，但不是恐怖，
是秋日將盡，但不是萬物荒涼——
如果我接受宿命，那死亡必定已經包含其中。

死亡的長廊向四個方向打開。
我不畏懼他，當他的陰影落下，
我已經爲這一天做好準備，
但是，
請給予我一天的仁慈，
請不要，請不要讓我看見世上有人正被折磨。

在一個很小的不知名的博物館中央，陳列著這個國家僅有的兩具的抹香鯨
骨骸，它們靜靜躺在博物館裡，巨大溫柔。它們透過我向世界說出以上的
句子，記住：我只是通道、喉嚨、風管。

贈予者

我記得我們曾怎樣注視我們的話語
—— 馬克·斯特蘭德[1]《移動的理由》

讀我心愛的書，卻捨不得
讓那些詞語嘩啦啦地流過去，
進入外面的夜，
在夜裏釘下一個樁子。

而我是一隻火紅的蜥蜴，
在草中等待雨。
當我初次遇見你，
你是帶翅膀的耳朵，
不是我等待的詞語。

給我一個詞語，
能夠撬動這個世界的詞語。

能夠製造雨的詞語，
從哪裡開始呢？

垂直向下、銀色，
在皮膚上留下戰慄的標記
整個城市都睡了，除了你

等待了很多年，把那願望種下去，
又反復玩味：種子苦澀，
但或許能長成甜美芬芳的花，
就像你送我一個詞語，
能夠撬動這個世界的詞語。

詞語能夠撬動這個世界嗎？太多的言說已經差不多把我們埋起來了，我該向哪裡尋找寂靜？

1馬克・斯特蘭德（Mark Strand；1934－2014），美國詩人、散文家、藝術評論家，也曾在多所知名美國大學擔任教職，著有《移動的理由》（Reasons for Moving）、《我們生活的故事》（The Story of Our Lives）、《綿綿不絕的生命》（The Continuous Life）等。

孿　生

浴室裡有兩面鏡子：向後看的，
和向內看的。當我從水霧裡
鑽出來，鏡子給我一擊
銀色正在滴落，而我尚未
偽裝成自己，尚未。

穿上一具身體，然後再穿上一具
──我是個男人，然後是個女人
──一個自憐者，也是個無畏的想法
──是個意念，還是一個波
我是寄生的影像。

出生的時候，我曾是孤單的，
像一場暴雨的最後一滴。
那時候世界還沒有開始，
世界在光滑的曲面上滑動著。
兩個世界在我的體內相遇，
彼此咬嚙、彼此磨損
不合拍的齒輪吱吱呀呀。

衰老時，我才重新遇見這個世界。
我的腳尋找粗糙的邊緣，
一塊毛氈，褐色、乾燥、些微刺痛，
一灘潮濕的腳印顯現，那就是我。
而更多時候，我只是一個回聲。
破碎的夢的殘留片段。

同一刻，她以淡藍色的雙眼
再度與世界重逢。
喪失是新鮮的，獲得也同樣新鮮：
每一次喪失都更劇痛，也更坦然。

她從浴室出來，穿上一具身體
然後再穿上另一具。像一隻蟬——
她的聲音穿過樹葉，稀稀簌簌
灑在我肩上。小聲哼唱著：
正午是寒冷的。
影子很短。一生也很短。

我們一輩子都在參加葬禮。
只有在最後一個葬禮中，我們
才成爲了主角。

短暫地與另一個相逢，然後重新成爲白紙，被捆紮起來，被打成紙漿，被
出售。失落了自己。

III

NO

時間之戰

一　阿雷西博自毀

1

哦，阿雷西博，眾神之敵！赫耳墨斯是否看著你毀滅？
或齊聚奧林巴斯，歡呼一隻巨眼的墜落？
像那樣平靜的綠色之海，像那樣殘暴的綠色之海，
埋葬與死亡──都只是日復一日的尋常。
當你決定卸下生命的重擔，以一出意外謝幕：
有人聽說你的死亡嗎？有人聽見你的死亡嗎？

起初，一根鋼索決定退休，像阿特拉斯偶爾換個肩，
後來，一個擾動製造了一個波：
斷裂、撕開、破碎、噴濺！

哦，阿雷西博，眾神的嫉妒不堪重負；
哦，阿雷西博，你毀滅了，星辰卻噴湧而出！

除了蜥蜴和猩猩，無人旁觀這偉大的墜落；
你沉落在寂靜，像一顆心，失落在無知的風裡。

雖然一切都倒塌了，總有些什麼在我心中迴響。
死亡只是一個猛烈的瞬間，所有的死亡都和我們同在。

2

失落了一顆眼的人們
去打撈
只有訊息的碎片
在藤蔓的碗裡
搖盪

他們乞求取回
世界的片段，哪怕
翳障，或警示
一個波段
一個歎息

小損傷帶來毀滅，
衝突製造戰爭
他們嘲笑：
意外，
總是如此

現在剩下一個回聲
一隻眼睛
並非用來觀賞
以及炫耀，
和毀滅。

3

要長存，要在海底長存，在綠色海底閃耀
明朗的眼。目睹遙遠的恒星爆發，
在宇宙射線的嘈雜背景中，
尋找一個閃光。

一個閃光，明滅著呼喊著
像在撒哈拉沙漠裡篩出一小顆紅寶石
像在紅豆杉的葉片中發現一片羽毛
但，深空比荒漠更寂靜。

我們：沒有兄弟的賽克洛普斯
我們：如此眾多的孤獨者
我們：是我們的家人

如果阿雷西博並不比一支蠟燭更長壽，
那我們也不比一棵雪松更智慧：
萬物都在轉換，這只是時間問題。

阿雷西博無線電望遠鏡（Arecibo Radio Telescope）本是坐落於阿雷
西博天文臺（Arecibo Observatory）的主要觀測設備，其口徑為305米，
曾是世界上最大的單孔徑望遠鏡（1963年～2016年7月）。可是在2020
年12月1日淩晨，發生了意外，使得望遠鏡嚴重損：起因為阿雷西博天文
望遠鏡的懸掛平台發生墜落，砸毀了望遠鏡反射盤（無線電波天線）表面，
造成望遠鏡全面崩毀。因此，目前我們與眾神的溝通僅剩了一隻巨眼——
中國的500米口徑球面無線電望遠鏡（Five—hundred—meter Aperture
Spherical radio Telescope，FAST）。

二　我們旅人

1

當你站在山崗上，我打馬路過，彼此脫帽致意，
我們不是旅人，是兩束光線彼此越過，單薄透亮。

光傾斜著。旋轉樹的影子、你的影子
和馬的影子。之後變得稀薄。
我打馬上山崗，越過你然後站定。
成為牆上的黑白老照片：
一個旅者在山崗上，舉起帽子致意。
用左手的拇指、食指和中指。

陽光正好，動身上路，
對餘下的日子說聲再見，
你是大地，而我是大地上的皺摺。

我打馬上山崗，越過你然後站定。
馬兒不安地跺腳，人們扛著白床單來了，
白床單和硬的柏木盒子。
他們上山、下山，影子沿著山脊拉長，
越過我像穿過淡藍色煙霧，
舉起帽子致意，用左手的拇指、食指和中指。

他們扛起你，像一團影子那樣輕巧
你沒有抱怨。現在我抱起你，
我們在彼此的過去遇見，當我漸漸蒼老
而你舉起手指說：看，那就是我！
我是大地，而你是大地上的影子，彎彎曲曲。

當你站在山崗上，我打馬路過，我們脫帽致意，
我們不是旅人，是兩束光線彼此交錯，單薄透亮。

2

風聲更尖銳。臨終前的喘氣。
蓋上白布，豎起手指：噓——禁止表達不滿！
你咕咕噥噥：太狹窄、太硬。
後來人們帶來藍色瓷罐，
並以過去時態描繪你。
但我保持冷靜，什麼也不說。

夠了！對餘下的日子說聲再見。
深淵裡顫抖著日落。
我等待，直到深綠藤蔓長出皺紋，
失卻的痛苦沖刷著每一刻。
我們是彼此的對手，
沉默是我們的談話。

對餘下的日子說聲再見，
合法地吊死自己，這是不可能的
——在愛成為絕對法則以後。
你瞧，我的每一次失望像舊報紙堆疊著；
清空它，然後讓世界再度充滿。
杉樹林在屋後搖擺呼喚；
我的回答飄散在狂風裡；
沒有說出的每一句，都冷卻成空白。

有一個房間，明亮而空蕩
老搖椅前後擺動。我把臉貼近那溫熱；
你不在那裡。但我保持冷靜，什麼也沒有說。

結了痂的傷疤還是傷疤，
打磨光亮的疼痛依舊是疼痛。
你們不在那裡的日間，光線彼此越過。
但我保持冷靜，我什麼也沒有說。

三　紅 · 藍

1

時候到了 …… 失卻的一個接著一個，
白樺在我背後搖動，泥土簌簌。
從下擺、從肩章、從眼瞼。

一個聲音，尖銳又遲鈍：結束了，結束了 ……
不放過我的沉默、我的虛弱，
或許也只是偽裝。
結束一段對話，比開始要難一百倍，

這裡沒有妥協——白樺在我背後搖動
暗藍的影子插進泥土。

時候到了 …… 暴雨低垂的清晨，
烏鴉成片越過未知之境。
方尖碑朝虛無。

我們無意義地奔走。我們踏步向前——
我們不可預知的厄運。
我們就那樣去了。戰爭像瀑布一樣落下。

我們一直向前，
那麼漫長，那麼狹窄，那麼疲倦；
雨撞擊著單調的大地，
那麼漫長，那麼激烈，那麼疲倦。
這個遊戲，我們竭盡全力。我們一敗塗地。

2

這是一個低沉的傍晚，我坐下來給你寫最後的信。朋友，希望你聽得見這裡的風聲，純淨的風裡不再有硝煙的味道，一切結束了。朋友，我感到寧靜，周圍沒有別人。

像所有和平的傍晚，淡黃的陽光斜斜投射，粗糙的矮牆和白樺林低著頭。焦黑的樹幹已折斷，創口裡嵌著彈頭。陽光不再溫暖手指，朋友，我無法握緊鋼筆，墨水不受控制地墜下，一大滴、一長條、血跡的形狀。朋友，夜晚將在此駐留，周圍沒有別人。

我將回去，即使冰封了道路。這個季節已經不值得留戀，失去的就讓它留在殘垣。我將帶回破碎的背包，或許還有一堆無用的舊紙鈔。被剝奪的是記憶、是身份，彷彿世界重新被分娩。朋友，這是最後一夜，周圍沒有別人。

戰爭猶有盡時，而痛苦將像大河永不停息。現在我結束這封信，朋友，或許你有機會讀到它，當我們──

一道閃光，一聲輕微的爆炸，他胸前的血跡開始擴大。在這一刻，最後一顆子彈追上他，為這封信寫下戛然的句號。周圍沒有別人。

紅與藍，對立的兩極，彼此遠離而又彼此吸引的兩極。引爆炸彈的兩根致命電線，《愛麗絲夢遊仙境》中的大或者小，以及我們的《最後一槍》。

1《最後一槍》中國音樂人崔健創作之單曲。

四　懷俄明的馬

陽光在大地上寫著無盡的詩，影子是他的筆觸。
從東向西，從東向西，從黎明到下一個黎明。

山丘隨著影子移動，畫筆的顏料滲進土地裡。
作物割光了一個季節，告別那些大麥、那些玉米、
那些甜菜、那些結實短促的莖幹。
從東向西，從東向西，從灰綠到赤褐。

心形的葉子平坦著粗糙茸毛，裸露著性的暗示。
回應之聲：一群野馬像烏雲閃過，山脈翻滾，往遠方去，
從東向西，從東向西，從一段煙塵到另一段煙塵。

無主之地。它的空曠向上筆直切入暗藍天空，
它說人們彼此喪失，嚴寒奪走的，烈日也不會補償；
它說荒蕪怎樣屠殺了一個又一個鎮子；
從東向西，從東向西，從李家的舊鐵皮屋到山姆家。

田野和寂靜之間立著一匹馬，褐色的蹄音久久不散；
懷俄明的鄉間遊蕩著一匹馬：強壯、自由但困惑；
一個逗號——預言總也說不完，不祥的黑尾巴輕輕甩動，
從東向西，從東向西，掃落一場又一場風雪。

馬遲疑著踏過分界，曠野是他隨意塗抹的稿紙。
影子無聲地傾側，野地裡的雨聲沒有人聽見。
那些無人看顧的植物不容易衰敗，
從東向西，從東向西，從一個間隔走向另一個開端。

但是這些，都不屬於於我們，它們紛亂豔麗的色帶
從東向西，從東向西，
從一個殘忍的年份，盛開到下一個漫溢的年份。

禦風雪而行的馬，你是否前來告知我們更加殘忍的消息？

五　雪　夜

只有在那裡你完全回到你的名字
並且腳步堅定地走向你自己
於是你闃靜的鐘架上鐘錘自由擺動 —— 保羅．策蘭[1]《數杏仁》

他們總是在死亡，
她們總是在死亡，
雪片無止盡地堆積起來，
一座座墳墓，甚至來不及插上樹枝，
就融化了。

他們落在街巷上，
她們落在街巷上，
油墨數字間加了一個逗號，
然後送進粉碎機，沒人聽到最後的宣告，
牧師已倒在他的豆莢裡沉沉睡去。

街巷的轉折處站著雪夜唯一的路燈，
寂靜中那一圈光亮是你正在召喚我。
原諒我！沒有聽見你的召喚。
夜靜、雪重，無法如期上路。
寂靜在拼命喊叫，但只有凝結的空氣聽著。

看著他。看著我們。
在夢裡點燃一支火把，
是接近他的唯一方式。走到那盞燈需要一生，
而我只有一次機會。

我走進深夜裡像走進雪裡，
我要把自己埋在這雪裡，
像一把黃銅的小刀，無聲地沒入雪面。

手工製造的光，
那純粹性在閃耀，溫和地宣告死亡。
世界為此屏住呼吸，對話冰凍了、折斷，
「啪」地一聲沉沒，只剩下半截，
我們從來沒有活過。

關了燈，關了門，讓黑暗進來，
填滿這潮濕的空房間。但是那些書頁的慘白
反而更分明地浮現出來。
你是這浮動的一夜。
你是和痛苦無關的呼喊。
但不是哀悼，中提琴上行一個音階，
堅硬地墜下。火把消失在漆黑的夢裡。

我們落在街角，
我們落在溝渠，
我們，無名地融化
媽媽，在那裡我們找到自己的名字，
在那裡我們最終找到自己，
這一切不過是結束的開始。

我無法面對在雪夜凍死的人們而無動於衷，在每一個冬季凍死的每一個人，
都是我的一部分。

1 保羅·策蘭（Paul Celan；1920－1970）二戰後重要的德語系詩人，
著有《無人的玫瑰》（Die Niemandsrose）、《罌粟與記憶》（Mohn
und Gedächtnis）、《暗蝕》（Lichtzwang）等。

六　　夜航船

The Beginning of The End.

1

有一個空曠的海港，
浪濤在那裡吟唱。

來吧，你們把夜色傾瀉如水銀
鋪展開綢緞一樣閃亮的夜
鋪展開綢緞一樣深闊的海
冷靜地航向荒漠。
滿載雨水的世界，
滿載憂愁與希望的巨輪。

船尾浪線交錯，虛幻的希望，
搖得我們東倒西歪。
烏鴉們穿著半身黑裙，蕾絲波紋起伏；
加入狂歡吧！──人們毫無倦意，
好像那生命是借來的，足以任意揮霍。
時間正推開我們，
食物也正推開我們，
這樣我們才迅速邁向終點，
這樣才免於失望之苦。

有一個空曠的海港，
世界在那裡吟唱。

是唾液噴濺，還是星塵噴濺，並不重要
新生不過是死亡的延續
死亡不過是新生的終點。

我們在陽光裡放縱，
好多次，差點碰到了陰影的邊界——
那無可辯駁的不確定性，
「讓我們去死吧！」但是你沒有
隨意去死的權利。
我們左轉舵，然後右轉，
夜的心臟怦怦跳著，
在深沉的海水底下。

我有一個空曠的海港
世界在你的心裡吟唱。

2

指點我一個海港，在法羅群島盡頭
世界在那裡衰頹，海浪低低吟唱。

這不是選擇，
這裡沒有選擇。
我沒有選擇成為自己，但是你可以。
因此我選擇放逐，追著波濤劃開的航線，
波賽冬[1]在船首引路，厄俄斯[2]在遠處等待著，
我，和我們

請不要進入我的生命，不要
成為我的形狀，當我們踏上跳板揮動帽子
那並不是說「我們終將歸來」。
深夜踏上航船，
無知的影子夾在我們之中；
深夜開啟旅程，
珍視之物全都拋進虛無。

拒絕回憶，也拒絕脆弱的
微笑、舊照片和沙沙響的喉嚨，
我在我的深處活著，但你不應該在那裡。

皮膚像莎草紙一樣脆，
黃斑點浮在手背，
骨節彼此拒絕，
疼痛轟鳴著，
我們用力裹緊荊棘大衣——
霧氣裡有歌聲，阿斯匹靈壓抑不住劇烈顫抖

且把把淚水裝滿船底的瓦罐，
等候天風送來淒涼的號角。
我不是旅人，我是放逐的夜航船。
有一個沉默的海港，在法羅群島盡頭
世界在那裡衰頹，海浪低低吟唱。
現在就是啟航的時刻，孩子，
現在——就是離別的時刻。

賈德·戴蒙在他的書《大崩壞──人類社會的明天》中記載，西元八百年左右，有人類航行到南太平洋的皮特凱恩島和韓德森島，定居在那裡，後來，他們破壞了那裡的環境，以至於沒有樹木做燃料也沒有木材製作獨木舟，結果就那樣困在海灘邊滅絕了。──這不是一個好的結局。

1 波賽多（Ροσειδῶν，又譯波賽頓、波色伊登、波色伊東），古希臘神話中十二奧林匹斯神之一，主管海洋、風暴、地震及戰馬，也是海上的保護者、撼動土地者、馴馬者之父；而其為人熟知的形象──手握三叉戟。

2 厄俄斯（Έως）古希臘神話中的黎明女神。

夜的流動性

他耽誤了戰鬥和夏天
櫻桃爲他喋血 —— 保羅·策蘭 《鐵靴咔嚓響》

執著黑傘，走過卵石街道，
蓋滿傘頂的——是骨灰
成千上萬堆疊
比街角的電話簿還厚。
沒法抖落它們，
我執著那呼號，走過卵石街道。

夜延宕了許久，
像鐘聲一樣，遲鈍。
在中心閃光，一個預兆
集聚在地鐵站出口。
打撈倖存者！
人們活著，
誰願放棄自己？

給我一個漫長的驅逐。
給我一本舊黃頁，找個指甲印。
裡面有我的名字嗎？
懸宕的鼓聲，停滯的夜
有顏色的夢
小徑綠綠的閃光……
命運緩慢地、極其穩重地問候。

來，看看他人的痛苦：
眼眶裡撒進一把沙？
生活之惡猶有甚者。
如果必須成爲誰，或什麼
我們將如涸魚般乞求，
一張一翕，一張一翕
最後全都成爲沙裡沉睡的白骨。

這一年有太多人離去。空氣裡彌漫著死亡的味道，艱難的日子。

夜　　獸

一

我們生存的巨大都市，
實際上不過是被若干大道分割開的幾個聚居區而已；
就這一點而言，我們自以爲豐富多彩的生活，
和集中營裏的囚徒也沒什麼區別。
如果要說區別，或許是我們多一點點的選擇而已。
卽便如此，這些選擇依舊相當有限。

二

天開始暗了，光的輪廓線變粗、變細，變得模糊。
一抬頭，不完整的、
稍暗的橙色月亮已經低垂在這個城市上空了。
你這多愁善感的動物，
像母親一樣，溫暖地憐惜地俯視這個世界。
就在不遠處浮著，眞實得簡直像個佈景或是道具

你是深垂的一顆眼淚，
或是一個故事未曾妥善藏好的結尾。
這個城市，我暗暗想：我要把它穿在身上，像一件外套。

對現代人來說，城市只是我們的一件外套，甚至這件外套本身的華麗，也可能只是幻象。

到燈塔去

談論著：我們要去燈塔，
像找了一份工作，而薪水
是環繞它的孤寂。
我們從未如此激動，以至於失去了
下半身的感覺。

到……燈塔去，這個句子是白色的。
海將是巨大的綠玻璃，
它平靜地重複著禱詞，
燈塔在簇擁之中聳立起來，
像那位浪花中湧現的女神。

守門人熟練地拒絕，
用我們的詞根。
沒有惡意，但他的句子閃著
迷人的、捉摸不定的灰色

「是的，先生，恐怕我不得不說……」
鑰匙在地獄裡叮叮噹噹。

他讓位於一個更大的虛無，
在我們的決心和燈塔之間，
一個罅隙扯開了。
他張開的嘴裡──那麼多願望的殘渣！
我們最好屈從。

他微不足道，但影子龐大。
綠色假眼朝向我們，
燈塔在裡頭，一個硬紙的看板
撲向我們、淹沒我們。
像一張尖叫的白布床單，膨脹著翻滾著

讓我們到燈塔去。
伸直了腳，等海浪敲擊孤寂。
這時候沒有言語，
我和你，在世界邊緣。
海將會推擠，然後碎掉。
這是關於慾望如何破滅的寓言。

伍爾夫寫過《到燈塔去》。燈塔吸引我們，因為光明對在海上漂泊的人來說，
是一種希望。在我居住的島嶼西端，有一座白色燈塔。

稻草人

跳舞，跳舞，不然我們就會迷方向。——碧娜·鮑許[1]

一

我們只是飛來歇腳，
扛著草蓆和一兩個鍋子。
不要壓迫地凝視，
不要好奇地模仿。

我們的語言閃耀在我們之外，
在舊西裝的褶縫裡，藏起一雙手
汗淋淋的。我決定拿出來
在十字木桿上晾曬
可憐的自尊。

我們飛來歇腳。
當我需要一份工作，
但沒有工作需要我……
現在，要詩歌有什麼用？

二

河流在不遠處響著，
我們全都到了，
那是你的田野和你的河流。
口罩散發出臭味，雲朵徘徊在你嘴邊
「把他豎起來」，
然後你掃視著
你的王國。烏鴉探頭探腦。

你感到刺痛，干草戳著你的肋骨，
顯然沒有人在意。他們全都陰沉著臉
等著有笑話。
這是你的王國和你的聖殿。

除了那風聲。
你大衣的後擺劈劈啪啪響，
你感到鳥兒的目光灼熱，
但你假裝乾咳。

你轉動脖子，骨頭咯吱響
你的影子拉長，蓋過這條壟溝，
最遠只到下一條。
你的頭髮灰得發亮，
在雨點裡皺縮，
你的腳下灌滿了水，
你的王位在搖動。
這是你的田野和你的收成。

三

我們全都到了。
烏鴉開始又啄又撬。
「但那喚不醒他」，他們耳語。

你睡在鬆軟的泥裡，
你睡在自己的影子邊。
你不再有奇怪的口音，
你帶來了好收成，
但是沒有人感激。

葬禮準時結束。
只有烏鴉想念你嗎？
它們只是飛來歇腳。
在巨大的歧見和微妙的同情中間，
有什麼不可逾越嗎？
哦，親愛的，
別忘了我們是個異鄉人。

我們一直是。

旅行在異鄉是現代人的生活常態；生活在異鄉是一種選擇；移民到異鄉則
是一個痛苦的過程。一棵樹將自己拔起來，抖落簌簌的泥土，走到一片陌
生的土地，其中的痛無法用數字計量。

1 碧娜·鮑許（Pina Bausch，或譯皮娜·鮑什；1940－2009），德國現
在舞編舞家，被認為是新表現主義大師，代表作：《穆勒咖啡館》（Café
Müller）、《春之祭》（Frühlingsopfer）、《交際場》（Kontakthof）
等。

UNAUTHORIZED
REMOVAL
PROHIBITED
CALL 311
FOR
ASSISTANCE

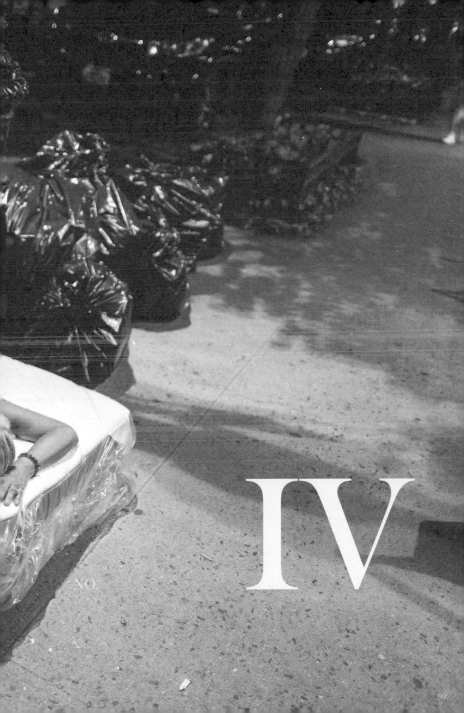

NO.

IV

正午的日子

我累了。
像鏽蝕的水管，
吐不出有意義的詞。

我的失望在正午
攤開，曬著
失去流動的理由。

我等待，我乞求
而在等待與乞求之間
日子衝下斷崖。

沒有底的疲勞感時常擊垮我。疲勞，需要理由嗎？

雲　　上

一

詞語在我內部哭喊著，
求我釋放他們。但我不是通道，
也沒有鑰匙。
嘆息佔據大部分時間。
那甚至不是單音，
是正午的慾望、憂愁、貧困之雨，
海港盡頭的燈塔疼痛著。

奏起一排柔軟的光之柵欄
在正午。啟示總是太遲
我們清點彼此的羞恥，
讓自己更鮮明、更羞恥。

逆轉開始了。羽毛回到遊隼身上
絲柏重新化作一枚種子，
海水收納那些半島、群島和低地，
一切落回虛無，心碎的事件來到原點。

喪失正在發生，
但我一無所知。在廊柱的影子裡，
我為所有人悲哀，
並為那悲哀而清空自己的內部。
最後我終於哭泣了，
那些正午的詞語化作淚水，
通過我得到了解救。

二

你製造了一片陰影，你。
掙扎著，從自身的流變中掙脫
獲得一個確定性。
如我們在輾轉中
塑造自己。

有那麼一瞬間，
無數桅杆搖擺起來，看不見的浪
推著馬戲團白色帳篷
小丑張開嘴呆望，
顏料從嘴角融化、滴下：
彷彿狂風裡看不見的舞者
正努力端穩平衡木。

你欲求什麼？
帳篷驚人地亮，小丑的驚懂
凝結在喉中：
鋼索左右搖擺，搖擺……
傾斜。加大角度
你欲求自身的解放

這不是個完整的午後，雲
空空地低懸。它渴求某個方向。
一隻鷗，斜著刺穿這片刻！

在你顛沛的核心，看不見的手
限制了一個橫向運動，
只有軌跡，訴說
無法申明的被動性。

靜寂說著什麼。
這一刻我被影像俘獲，
呆立著。我，和我們。
靜寂說了什麼？

慾望的力量驅使暴雨，
在瀉下前保持
一分鐘安詳。
那就是你能給予的、
最大的仁慈。

在一個海港，一片雲吸引我的注意，它虛無又沉重，荒謬而合理。它對我
訴說什麼，不，它試著拯救我。

攝 / Alex Conchillos

安全保證書

一個男聲猶如陰鬱的旗幟。
一波一波
吹動正午。
人們大笑，笑聲中浮起大堆泡沫。
死亡把諭令
寫進綠色嘔吐物，
蒼蠅激動地搓著手，
讀著那文書。

酷熱衝過來，
扁平臉緊貼快餐店玻璃。
對面的建築裸著，胸腔白而耀眼。
那個嶙峋的男聲：
支離、支離……
藍漆表面
一圈干擾波。

只有我接到那諭令，
於是我讀著，那文字
像會說話的甲蟲一樣刻薄；
我要了份冰茶，
溺死在嘶嘶響的海水裏；
後來我想起自己的安全保護證書
在左胳膊某處，
但是我已經變硬、發臭。

在疫病之中，什麼成為我們唯一的安全保護證書？你知道那個答案。它烙
印在我們的手臂上。

自我守則

在動筆之前，聽聽你想訴說的言語；
聽聽風暴搖撼木頭窗框，
敲著摩爾斯電碼，告知我一個秘密；
聽聽松木在火裡裂開，擁抱著私語著；
聽聽擱淺巨輪和石頭堤岸，
高度的契合性令它們彼此咬嚙；
聽聽沼澤的夢囈，深綠的藤蔓是她胸脯上的項鍊；
聽聽紅尾鷹蹬開雕像，如一隻矛奮力擲向空氣；
聽聽橋洞下面飛旋的破報紙：
　一樁陳年舊案，被害者蒼白地盯著你；
聽聽失去自由的媽媽，
聽聽困守孤島的流民，
聽聽再也不能告別的時刻，
聽聽謊言、慾望、佔有和屠殺，
聽聽石頭開花，
聽聽生命困厄，
聽聽誰在呼喊而人們無動於衷，
聽聽這個無可救藥的世界，
正逐漸加溫，一路煙塵，
最後毀掉自己。

這是給自己的警示：寫作不需要矯飾，不應該為某個目的而寫作。

人與煙塵

你的預言燒著我的喉嚨
—— 瑪塞琳·羅立登·伊凡斯[1]《而你，沒有回來》

一

狂暴的海將翻轉。一個男人靠近
遠端，樹林在星星下面閃著光，
許多謊言的泡泡，
空白，翻轉的空白。
一個男人——萊斯特——開始哭泣。
並不爲那已經失去的，
而爲那些泡沫，
轉瞬卽逝的美麗謊言。

死亡從容展露它的形象，
這是它自身，它的仁慈，它的陰影
降落在這一刻。

他的發令槍鳴響，
萬物皆向前猛衝——如潮水不歇？
他漠然對待這片荒蕪。

橫亙在他面前的，是睡眠的沙
是珊瑚廢墟，
灰色的零碎的虛無，存在的沙漏
毀滅的證據，無盡遷移著，
從一道射線開始，虛構一個
圓滿的銀幕故事：
若非展露具體的形象，
他不可描述，也不能被辨識。

一個男人——萊斯特——開始哭泣，
但他的狗心不在焉。

他懇求沙子，
像沙子一樣破碎，
但它們傾瀉下去，
沒有一座沙堡能維持其重心，
沒有一個生命逃過最後的終結。

攝／張自力

二

在空蕩的廢墟裡徘徊，
嗅吸彌留的氣息。
在風暴中卻不動搖，
不說話，但是威嚴。
看看那些臉：
在平靜裡，在跳躍裡，在一次次失去裡
每一張臉上有你行走的足跡，
哀痛，但是不恐懼。

光在縫隙裡展開雙翅，
影子是你本身的形象；
嵌入我們如同一顆痣，
一顆綠松石，嵌在舊牆壁深處。

沒有語言——無色的墨水，透明的結論
——手語也毫無作用。

在上一次鈴聲和下一次鈴聲中間，
是一節漫長的文學課；
在上一個死亡和下一個死亡中間，
此生佔據短短的空白。
活著的每一天，我們都失去一點
當我無可失去時，你會來收取最後的債務。

在你面前，我們都是倖存者
我們永遠都是。
萬物皆可造就死亡，
除了死亡本身。

三

白馬你慢慢行
無花果樹種下了
枇杷樹和榆樹種下了
井也種下了
白馬你飲著井水
井水冰涼

無嘴鳥你唱不出歌
腳趾變成灰色眉毛也變成灰色
咽不下有骨頭的故事
故事追著線輪
找不准一個節奏
無嘴鳥你牽著暴風雨走
波濤在抬升

男人扮演著自己，
扮演他的父母、妻子和孩子。
聚光有時落在他身上，有時沒有
沒有照耀的時候，他就留在陰影裡
那時候他死了。

口袋裡的硬幣叮叮噹噹滾過木頭舞台。

四

或許我不該談論死亡，因爲他自有禁忌。
但那隻鳥的軀體讓我眼眶疼痛，
於是我取下來仔細擦拭，
像擦拭一個通風不良的夢。

他與我平行著，
平行，遇見，離散。
我們都是倖存者
在各自的世界。

她平靜地側臥。彷彿是睡眠正覆蓋了夢境。
一隻翅翼在身下鋪展，另一隻遮蓋了半個身體。
和孩子們一樣，她
一側的臉緊貼草地，
鮮綠的草地，嬌嫩、濕潤、微不足道。

當我選擇原諒自己
我就變得軟弱
而當我變得軟弱，
我就更畏懼死亡。

眼瞼緊閉，金屬的冰冷灰色在那裡浮現。
那裡缺乏某種活力。沉默滲入。灰的沉默。乏味的沉默。
死亡正在展現它自己的仁慈，
藉由那軀體的箭頭形狀。它正在前往某處？
靈魂沿著那指示前進？

維吉爾[2]說：「世人皆有始與終」

但那並非終結的符號，
那只是通俗生活中的一場邂逅
在我們和煙塵之間。

我不知道萊斯特是誰，但這個名字出現在腦海裡，於是我創造了萊斯特。
他有身為中年人的種種沉重，責任就像那件松垮的外套披在肩頭。並且我
猜想他的體型已經走樣，眼袋開始下垂。鬆鬆垮垮地看向空蕩的沙灘，人
生在他的凝望裡已經結束。

1 瑪塞琳·羅立登·伊凡斯（Marceline Loridan—Ivens；1928 — 2018）
法國作家和電影導演，著有《而你，沒有回來》（Et tu n'es pas revenu）、
《愛之後（暫譯）》（L'amour après）、《我的巴拉甘生活（暫譯）》（Ma
vie balagan）等。
2 維吉爾（Publius Vergilius Maro）是奧古斯都時代的古羅馬詩人，
流傳的作品有《牧歌集》（Eclogae）、《農事詩》（Georgica）、史詩
《艾尼亞斯紀》（Aeneis）等；而「世人皆有始與終」出自其著：《埃涅伊
德》（Aeneid）。

攝 / Bruno Mendes

NO. V

牽引力之帆

事實上我並不知曉其意義，
淡藍色的預兆凝固成一圈影子，
時間不確切、不確切……
人們彼此耳語，
喧鬧聲滾燙閃亮，
圓號深處，樂手掏出一捲
婉轉的宣判：
有些消息惡臭
另一些則缺乏形體，和重量。
但是有誰知曉其意義？

杏仁味緩慢釋放。
乾燥的語言像鐵錨
探入口中，鏽蝕成片脫落。
人們彼此使眼色，喧鬧的
淡藍色煙霧。那麼多葬禮
靜默！緊密壓實的花崗岩。

緊密的哀悼，緊密的拜訪和緊密的
無所不知，樹林裡的笑聲
散發蘋果花的甜膩！
在認識你們以前，我已經
讀完了訃告，並簽字。
你們來晚了。在另一側
世界並未結束：定索緊繃著，
它甚至尚未開始。

一根牽引索將我們與世界上的某處固定。當錨鬆動，我們將會緩慢漂浮，
並離開自以為確定的座標。

水岸隧道

我想這是你眾多回音的一個，
鮭魚從回憶裡找尋道路。
柳林掀起整個夏季，整個夏季……
白色是乾淨的，柔軟、閃光
人們在道路盡頭航行，
昨日的包袱被重新綁好；
動物們並不了解為何顛沛，
它們默然地啃著樹皮。

我們約好在隧道那頭見面。

我們將在隧道那頭見面
為犯過的和沒有犯過的錯。
你以為世界向你敞開
一個罅隙，只是一束光，
短暫照亮，尋求某種肯定。

人們在微風裡愉快地交談——
別人家正在什麼地方悄悄毀滅。
樹梢響了，帶走一個希望，
未熟的芒果青澀沉重。

我們說過會在隧道那頭見面。
但是他們把你放下，留在陰暗裡。

他們用白色瓷罐喝水，
也用白色瓷罐給動物們啜飲。
煙霧在水上發出回聲，
泥土下面，住所陰涼；
由此我獲得觀看世界的方式，

是圓形的，而不是直線。
語言凍結了，剩下脫皮的手指，
哭泣在現實裡毫無意義。
你嘲笑。你被嘲笑。
或被收藏，然後標價。

我們說，在隧道那頭見面
體面地相見，乾乾淨淨。
我將成爲眾多回聲中的一個。

平原上的一切向某個方向傾斜
家什乒乒乓乓滑下去，
這個鐘點的破碎是證明嗎？
戰爭割裂時間，時間割裂命運。
風停止在晾衣繩上，我們屏息：
此刻過於早熟，下一刻又太喧鬧。
木頭環繞著你，白天不再是白天。
放下書，環顧四周，燈在嘆息
世界不再屬於你。

我們說：在隧道那一頭見面
——沒有夜的地方。
但你留在了深處。

科馬克·麥卡錫在《長路》的結尾說：「然而最美妙的還是與父親對話；他（男孩）對父親說話，從不曾忘記⋯⋯但上帝的呼吸便是他的呼吸。」我想我不需要再解釋什麼了。

無盡的河

一

愛就是愛
逃離就是逃離
失去就是失去
懷念就是懷念著
無法追趕就是無法追趕

爭吵就是爭吵
喪失就是喪失
剝離就是剝離
木門上的一擊就是一擊
牆上的血跡就是一長條血跡

無力感就是無力感
遠離就是影子逐漸稀薄
整夜敲打就是破裂的起點

沉默就是拒絕
互擲憤怒就是原始戰爭
始於厭惡，終於重新劃分領土
我們始於依賴，毀於失卻語言之鎖鏈
始於孤獨，毀於依附。

二

喀啦、喀啦，驚心的時間閃動。

廣大的海拱起背脊，拒絕依從時間的法則。海追尋自
由。我們漫步，我們服從，未曾意識到自我的規律性。

活著、愛、走向另一個世界。腳步勻稱，但是缺乏意義。生命在我們之外流淌。模糊地閃光。燈塔。沉默讓我們恐懼。上或者下，什麼指示我們？誰揮動閃光棒？那旗語說了什麼？

喀啦、喀啦。我們舉起錘子，停在空中，然後凝固。聽見海流的方向嗎——用內在去聽吧。非感官的世界，流動性的世界。我們進進出出，裹著白布。重複著，那巨大陰影引誘我們，投入無盡的循環。

死就是死亡，是告別、掙扎、乘橢圓形飛船遠去漫長的、雪茄形的煙。比希望的形狀更柔和更豐富。如熟透的罪惡之果一樣複雜而有層次。死是抵達，還是出發？是剝奪，還是獲得？是跳出永恆，還是追逐不朽？廊簷下的貝殼串吟唱，風陪伴它們，它們吹奏著風。

死，是纏綿。那光明死了，而你留了下來。

逃離就是逃離，失去就是失去；我沒有什麼可以失去的，但是我還在逃離。

傳　　統

輕輕發光。一個預言開幕
在我成爲我以前，還是
更古老的陰影裡？
那疼痛在抖動，巨大的
疼痛，海水分開陸地
無法命名的疼痛刻度，
然後你是歌謠，母親。

你的完整性閃耀。
在啼哭時和散步時，在拯救
與憐憫之間，在乾癟的生活
淹沒我們以前。
一種語言生長著，像井水一樣
冰涼而精確，分句、分句，
對破碎的碗，我們撫慰：
保持那冷然的完整性！

嘲諷吧，他們擁有嘲諷的權利
對殘缺，或對某種命定。
你在光的深處發光，
漫長的音節落在土裡，
榆樹在歌唱，榆樹在歌唱：
我沒有傳統，
如果我有，那就是你。

母語是我的傳統，母親是我們的傳統，即便她沒有能力教給你更多的知識。

告別式

致《游牧人生》

未明之際我起身，夜隨我起身。
點著一支煙，夜晚在火光裡漸次燃盡
沙礫數著僅剩的寒意，一點一點變得強壯
而我慢慢退縮：白日要來了，
荒誕劇隱退，現實一層層開放；
仙人掌沉默，刺在尖嘯，
揭穿那些未說出的承諾、
嘆氣、小火苗、煤氣爐、絲絲作響、沸騰，
廣漠之手、一無所有的海，骨節粗大的帝國！

這個內視的帝國，向內部保持一致，
保持乾燥與某種規律性的波動，
聲波從沙面散開，在邊緣變淡，
淺白的灰色，淺灰的安靜，細碎的星塵
一滴油脂瞬間吸進沙裡。被風化，
被汲取為沙的骨骼。不透氣的密集的
塵埃，細節，未完的心願，對話中漏下的碎片，
安靜！——晨光僅有一次。
在這裡我聽見自己，也將聽見世界。

《游牧人生》（Nomadland）是一部好電影，即便它不算偉大。我需要平
靜時，這電影和它的漫長音樂就會浮現出來——我順著它走向河灘。

無　　題

讓你失去尊嚴的——是無休止的鍵盤字母。
有人下達一個命令而其他人點頭服從；
假笑在釘子上搖晃，
像牆壁上的將軍，像秋天乾乾淨淨的田野。

來吧，我們去度假。假裝從這裡脫身。
成疊的文件、紙張和灰。而我必須奮力
發現意義。從不祥的波浪裡找出一條魚的軌跡。

當我們被生活剝離了靈魂，披上藍色或緋色的外套，
證明性別，證明瘋狂的邊際，還是證明
一種普通性？
單單頭髮的長度不會揭示真相；
正如路牌並不說話……
裹緊外套，穿過魚腥味的碼頭。
走向老年，一條乾癟的帶魚。

哀悼我，和放棄我：擁有同樣的重量。
你們取笑，與漠然造成同等寬度的傷口。
酒的味道正在大腦裡彌漫，放棄的味道，
夜晚在迴響，雪在街角鋪著柔軟的床墊
像沒有被打印出來的指令一樣潔白。

你讀自己的草稿：
放映機轉動，點鈔機轉動，
電動扶梯轉動，行李傳送帶轉動，
但上面什麼都沒有。
像列車通過以後的軌道，謀殺完成了
而我們什麼都沒有剩下。

人們說，你需要休息……而我
痛恨休息。
唯一缺乏的就是時間，時間。

生命正在通過你，像一場電影般漫長和冗餘。
「坐下來，來，孩子，說點什麼——」
但我除了淚水什麼也沒有。每一個音符
都在轉彎處遺失了。

來，我給你看上衣口袋的破洞：
我恥於看見這個世界，同樣恥於看見我自己。

對自我的恥感，是人的天性嗎？還是某些人獨有的？我恐懼成為我自己。

NO.

VI

穿緋色緊身裙的女人

向後騰空并倒下，
一道曲線落入海浪。
小腿肌肉緊縮，累積的力量向上推動。
跳躍，你背後一片虛無。

你側躺著，
每一片波浪都沉默了。
煙圈結成圓形，融化你的臉
暗裡漂浮著雪花和星辰。

你滑向葡萄酒深處
光線嘶啞、昏暗。怎麼記得致命的旅途？
水草呼喚有斑點的鰭。搖擺著臀部……
更溫暖的河流常常更危險。

爲了引誘你，
他們來恭維，讚美豐腴
成群地來。吹口哨、踩腳並獻出肉體，
然後不動聲色宰殺。

那包圍太溫暖了，讓你變遲鈍。
有殺機的溫暖水體，和水草一起揮著長髮。
像你曾在一個安全屋，和自己小聲說著話，
水底沉著圓石頭。

你奮力溯遊，經過惡意的挑逗，
回到時間開始之處，
你將靜靜等待，把一部分自己留下，
緋色的肉體彎曲、騰空，刺穿一片虛無。

大部份大西洋鮭魚都溯河回游，它們大部份時間會在海水中生活，但會遊到其出生的淡水河流產卵，幼魚也會在淡水環境中生長經歷幾個階段。它們逆流而上時，常會被各種獵食者捕殺。

四女士和弦 （一）

張開雙臂，陽光從你胸口生長出來。
屈從你的指揮棒，直到這遊戲令你厭倦；
織個和弦，密密麻麻懸在空寂裡，
只有你聽見那光柱在顫動。

你心裡有東西破殼而出，
像一大群吵鬧的蜜蜂；那是什麼？
其他人也在喧鬧中：地鐵、交通燈、
無盡的對話、沒完沒了的廣播；
他們有不同的波長，而你擁有不尋常的共鳴。

你張開雙臂，死亡從那裡生長出來。
它在地上鏤刻出一個黑洞，有邊緣和轉折。
煤炭一樣黑，雲母般閃亮。

你沿著看不見的刻度跳舞——
為了破碎的世界，你偶然地出現，
偶然地，指揮一場看不見的音樂會。

其他人闖破你的網，沒有道歉，
對於可能發生的災難他們一無所知。
原諒吧！光的使節，絲線的魔法師，
透明的白日夢的織匠！
如果給予世界幻想的力量，死亡也將退卻。
你要張開胸懷，明天將從那裡生長出來。

紐約，一個女孩舉著心愛的玩具，和自己的影子玩耍——這是全部。

四女士和弦 （二）

据說每個人都因自身的缺陷而獲得了美德。
—— 安德魯·所羅門[1]

讓我們說說關於安提戈涅[2]死去之後的故事吧！
她爲兄弟波呂尼刻斯[3]收屍，違抗了克瑞翁[4]的命令。
與其在先祖的陵墓中飢餓而死，她寧願選擇自盡。

將死的時候，柔軟的光芒照耀著她的靈魂。
她醒來，發現自己置身阿爾忒彌斯[5]的神廟，
站在偉大的狩獵女神面前。但是她並不畏懼，
天性中的勇敢讓她不畏任何強權。

愛的複雜性林立著，
沉默在這裡是通行語。

「當我面對你，我明白自己就是你。」
「鳥在黎明飛走了。」

「你凝固了 —— 爲什麼光在箭上跳舞？」
「叢林的秘密和荒野的秘密。」

「你的金箭指向虛無，而虛無不會被擊破。」
「浪蕩之徒將學會恐懼。」

「我尋求正義、關懷與愛。」
「在犧牲的途中，救贖已經到達。」

「爲什麼命運的詛咒降臨在父親身上？」
「美德是在錯誤中鑄就。」

「爲何家族的厄運綿延了一代又一代？」
「底比斯的群氓將會付出代價。」

安提戈涅直視金箭的尖端，
智慧和勇氣在那裡閃光。陽光彼此纏繞，
成爲粗壯的光柱。
偉大的女神拯救她來此，這空曠的大廳
是善良的居所，豐饒之地的源頭。

當安提戈涅陪伴著他瞎眼的父親，
底比斯人紛紛躲開，彷彿那是罪孽的化身。
她的心搖動著，彷彿懸崖邊的樹，
探頭向命運的深潭看去，
那裡只有霧氣滾滾。

父親，爲何我們流浪？爲何神讉落在你身？
你曾是他們敬愛的王，智慧與勇氣的化身。
你看那哺乳的母親，任由嬰孩滾落，
眼光裡卻滿是憤怒，彷彿瘟疫
就附著在你的長袍。

父親，爲何我們流落在底比斯的荒野，
連猛獸都不屑前來捕食？
推動命運之輪的，不正是奧林匹斯山上的判決？
如果我們注定在人世間流浪，
爲何又要讓我們降生？

柔弱的安提戈涅，雙腳鮮血淋漓；
肩上留著俄狄浦斯手掌的溫度——
那人世間的罪人，最單純的受害人。

荒野不願吞噬她，
阿爾忒彌斯將和她分享自己的神力；
克瑞翁不過殺死了她的肉體，
在這純粹的神殿她將會獲得永生。

這是神譜刻意隱瞞的結局，
卻是善和勇氣應得的回報！

攝／張自力

如果這不是在紐約的某個展廳，而是安提戈涅在阿爾忒彌斯的神廟裡，我
們將會見證怎樣的對話？

1 安德魯·所羅門（Andrew Solomon）其著作囊括政治、文化和心理
學，也是一位小說家，著有《正午惡魔》（The Noonday Demon；或譯
《走山憂鬱》）、《背離親緣》（Far from the Tree）、《石船（暫譯）》
（A Stone Boat）等。

2 安提戈涅（Ἀντιγόνη，又譯安蒂岡妮），希臘神話中底比斯國王俄狄
浦斯與王后（俄狄浦斯之母）伊俄卡斯忒所生的女兒。

3 波呂尼刻斯（Πολυνείκης）安提戈涅之弟。因與其弟（厄忒俄克勒
斯）在輪流執政上的無法達成共識，被逐出底比斯。而被驅逐的波呂尼
刻斯，藉岳父亞各斯的國王阿德拉斯托斯之力，合縱六位王子的兵馬圍
困底比斯，記載為「七雄攻底比斯」。但此役出師未捷，大敗；且其兄弟
二人均在此戰身亡。

4 克瑞翁（Κρέων）也是底比斯王后伊俄卡斯忒之親裔，在希臘神話中
曾在底比斯無君主期攝政。在「七雄攻底比斯」後，視波呂尼刻斯為底比
斯叛徒，禁止任何人葬波呂尼刻斯；因此安提戈涅違其命令安葬波呂尼
刻斯後，克瑞翁憤而下令處死。

5 阿爾忒彌斯（Ἄρτεμις，又譯阿爾泰美斯、阿提米絲）古希臘神話中
的純潔女神，也是奧林匹斯十二主神之一。

四女士和弦 （三）

寂靜的開始，地鐵卷走了人群，
像死亡一樣，讓他們凋謝。
中央車站空了……普羅米修斯[1]沮喪地坐著。
她被告知面臨戰鬥，卻無法著手。
光被她塞進一塊石版裡而非蘆管。
隱沒在牆角。陰影充滿寂靜，但遠非寧靜。
大流行的進行時態，沒人知道終點。
普羅米修斯試圖平靜地坐著，平靜給她力量。

西西弗斯[2]走過……來來回回走了五遍，
她著名的石頭就在旅行箱裡，
正如普羅米修斯的石頭懸在戒指上。
如果貧窮真是詛咒……那熱切就是解救。
她焦躁的暗影裡，鎖鏈演奏著，
風柔和地談論著錯誤，淡淡的臭味。
八百萬人或更多：她們如何拯救？

沒有對話……一個忙於憤怒，一個忙於記錄
一個急於行動，一個仍在思索；
百萬分之一秒懈怠……無數微塵在陽光裡旋轉
閃著微光、跳舞、沉落到不知名的暗中。
上一列地鐵的尾燈漸漸縮小，
靈魂們拖在後面，變成黏稠的嘆息。

她將戰鬥，從黑暗裡走出拱門，
高高舉起那光——像母親舉起她的陣痛！
她們伸手攪動百萬星塵，一個答案
閃光的答案，從中浮現：
現在，沒有什麼能停止那歌唱，
初生的安寧……溫熱了我們的維度。

如果現代的普羅米修斯將高加索山化爲戒指,而西西弗斯把他的巨石裝在行李箱內,而她們都是女性(有何不可?),那麼這就是你所看到的了。

1 普羅米修斯(Προμηθεύς)在古希臘神話,教育人類思想、爲人類帶來火種的泰坦神。但因屢次觸犯宙斯,且違背宙斯的旨意,且執意爲人類偷火種,因而被宙斯懲戒,被綑綁在高加索山脈的荒原上,受大鷲啄食心肝的罪,且承其神族之軀,受損的肉身會自動修復,因而周而復始遭罪,直到海克力斯射殺大鷲。而在大鷲死後,綑綁普羅米修斯的鏈銬轉化成了戒指。

2 西西弗斯(Σσυφος;又譯西緒弗斯、薛西弗斯、薛西佛斯等)在希臘神話因其狡詐欺騙死神桑納托斯與黑帝斯,而被罰須將一塊巨石推上山頂;只是巨石每每快達山頂之時,又會滾回山下,因此西西弗斯需「再一次」推動巨石到山頂,永無止境地……

四女士和弦 （四）

You were my town
Now I'm in exile seeing you out ——Taylor Swift 《Exile》

一

或許我們早該習慣離別，父親，
像北極燕鷗習慣飛越一片又一片大陸，
尋找適合的居所

我們將在哪裡安放自己的肉體，父親？
或許這並不重要，自由的心將會引導我們，
去往未知的極境

逃亡嗎——科林斯的守衛們監視著陸地和海港，
但是父親，我們擁有天空啊，
天空也擁有我們，完美的羽翼

於是縱身一躍，玻瑞阿斯托[1]舉著我，父親
彷彿有過秘密的約定，
蔚藍包圍著，翅尖閃亮著

遊吟者：
這時伊卡洛斯[2]的羽翼開始鬆動，
連結羽翼和肩背的蠟開始融化，
但她卻認為那是風的搖擺不定。
灼熱的氣流將她最後一次托舉起來，
幾乎擦著了赫利俄斯[3]的馬車輪軸。

升起在所有雲的上面，
她的臉鍍了一層淡淡金色，
奧林匹斯的眾神知道：
那是死亡的標記，
但她以為那是自由的溫度。

攝／張自力

二

你，死了。
你騎著吹出的煙霧，墜落
在漫長的路途，失散語言。
你的父親緊握住一團悲痛
那裡沒有形狀，也沒有
今夜的抵達。

一杯咖啡，兌著波本酒，
醉醺醺的警官跑上前，
檢查你的夭折。
你對他微笑，
讓他折起訃告，這是紐約
不是伊比利亞海，
你，一個異鄉人，
不值分文。

他們掏出手電，檢查身份証
你側過頭，拒絕酒精吹氣。
你有記憶，但是
沒有證明文件。
所以蒼白地躺著，
讓他們圍觀：「偷渡者」
終點靠近了。

海的鹽粒正在析出，
你變得毛茸茸，
胡椒粒、橄欖的香味，
加速了衰老。

這裡是紐約，
海不太遠，
年輕人容易變得乾燥。

你的心像雪片飛散。
一朵向內開放的花，朝深處。
你勉強維持那驕傲，
誰撫慰你：一個
不知從何而來的
咿呀的流浪者？
沒有人看見你，
沒有人看見任何人。

三．

這是一個漫長而沉穩的聚會，四位——
不，五位女士輪流上前，要求講述自己的故事，
帽子似的雲旋轉著，在空中留下模糊的邊緣
女士們來自那裡，那背後有些秘密。

有人喝著啤酒，摘了帽子，但忘了口罩，
人們就這麼聽著，沒什麼議論，這是個
漫長而安靜的聚會，不用評論，沒有樂隊，
那些故事熟悉得讓人不再激動。

回頭望去，無力擺脫注定的結局
才是悲劇的起源。但是她們講了又講，
故事的內核漸漸堅硬，像玄武岩凝結成
黑色岩床，一次漫長而沉穩的噴發。

最後我們全都變淡了，霧氣一樣失去相貌，
但那些故事倒是坐了下來，她們靠得很近，
彼此襯托著，變成一個完整的和弦，
一本獨立而強壯的書，就如你現在看到的模樣。

如果女性版的伊卡洛斯墜落在紐約的地鐵軌道，人們將會因為無知而恐懼，
還是因為好奇而爭睹？

1 玻瑞阿斯托（Βορέας）古希臘神話中的北風之神。

2 伊卡洛斯（Ἴκαρος，或譯伊卡路斯、伊凱洛斯等）科林斯島迷宮創造
者（代達羅斯）的兒子。 伊卡洛斯和代達羅斯於迷宮建造完成後，因克
里特島的國王為防範其洩漏迷宮秘密，而將他們困入迷宮中，所以代達
羅斯試圖以蠟製羽翼，飛離此島。可在逃離過程中伊卡洛斯不顧其父告
誡，仗其自大高飛，使得羽翼離太陽過近而融化，伊卡洛斯也瞬時喪失
飛行能力，墜落海中，溺斃。

3 赫利俄斯（Ἥλιος，又譯海利歐斯）古希臘神話中的太陽神。

VII

在進行時態和未來時態之間的孩子們

因爲存在一個死後的世界，那裡有確切的水手
會沿著弧彎出現，把我們凍在樹的背後。
—— 費德里柯·賈西亞·羅卡[1]《小便人群風景畫》

因爲存在一個死後的世界，戰爭寫在莎草上。
孩童們在廢墟裡亮著。
兩根手指吹奏，
樂隊的弓像波浪一樣。
你的血混合我的血，淌過煤堆和垃圾場。
狗兒們大嚼著，直到我們變成渣。

馬甩甩鬃毛。灰不再是灰的。
黑市找尋自己的良心，叮噹響。
它不佔有我們，但損傷靈魂，并留下疤。
事實上我們從未經歷戰爭，
我們一代人。

在屏幕上殺人。在書頁裡爆炸。
碎片吃進你的臉，光滑的空氣。
有人失去身體的一部分，
黑白影像死了一遍又一遍。
想像中作戰，並不比唐吉訶德高明。

針劑匱乏。花匱乏。童話匱乏。
每一夜都會傾斜。
早晨起來梳梳頭髮，破碎的日子掉下來。
沒有戰爭，但有瘟疫。結疤的一年，
空氣劇烈顫動，有什麼正在傳遞，
我爲你的幸運難過著，千分之一的幸運
因爲存在一個死後的世界。

希望孩子們的災難能夠結束，即便是在一個死後的世界裡。

1 費德里柯·賈西亞·羅卡（Federico del Sagrado Corazón de Jesús García Lorca，或譯洛加、洛爾加、羅卡或洛迦；1898－1936）西班牙詩人、劇作家，著有《詩人在紐約》（Poeta en Nueva York）、《吉普賽謠曲》（Romancero gitano）、《深歌集》（Poema del cante jondo）等。

存在的每一時刻

你知道：那一跳
總是越過你，永遠 ── 保羅．策蘭《光明之迫》

每一時刻都是一件大事的開端；當下，
我們並未意識到這一點。
本質極其重要：一盞燈晃動、一輛飛馳而過的馬車、
一棵古樹傾圮、激烈的辯論、一道煙筆直地升起，或
一個嬰孩的啼哭。
在廢墟裡。

不要妄言戰爭，如果沒有見過吐著煙圈的鐵鳥。
死亡裝置。灰色、凝固的光；
捲進去了，許多人沒有回家，
沉寂。一陣默然的閃光。

事件，包圍著我們。它們定義我們。
它們藉由我們的言說而存在，或者說，
它們透過我們而持續發生。
事件並不在乎我們是誰，是某人，
是庸碌之輩，還是海員，它依據自己的意願而持續著。

有什麼證據證明這個時代真的存在過？有什麼證據證明疫病曾經席捲全球？
我希望DNA能夠記錄些什麼。

一個兒童

「你爲什麼煩惱，孩子？」
「我在想著，該爲我的後代取什麼名字。」

「但那還很遠……」
「在未來。」

一

你想要爲這個世界命名，但是世界已有所屬。
垂頭走開，把手插進褲袋，在深處
摸到一顆糖，它是你的。

握緊，再拿出來，像從內心
拽出一顆星球，融化了的行星。
它黏稠，但它是你的。
命名它，吞下它，在生活的底層。

它翻動著，成爲你
擁有的世界之一。

二

沒有無名之物。
除非自己製造。或尋求一個連結
在無知和未來之間。就虛妄而言，
這不算奢求。但名字？
命名尚未誕生之物？世界怎樣開始？
給我稱呼你的權力。

三

孩子對自己的名字撒謊，看！
他把尿灌進大地的喉嚨裡，
死人們醒來。他們咚咚地圍坐在底下，
另一個世界。魔法是一種戲仿。

那個撿到名字的孩童，
在制服的線上來來回回走。
一團模糊的光亮起來，像個煙斗
或恆星莊重地謝幕。

他要求這世界贈予
命名的權力，但只有曠野
在曠野裡號叫著。

或許最終這裡將成為一片曠野，在人類從舞臺上退卻之後，文明會有什麼
遺跡嗎？我沒有答案。

攝／張自力

作者　　　何杉

編輯與美編　　寧想白（林香岑）

行銷與企劃　　Chin（胡芩）

封面圖像創作　　《續》／徐詩沛　La Luce 光樓工作室負責人

印刷　　綠的事務用品股份有限公司
111台北市士林區士東路200巷58弄17號
電話　(02) 2831 6532
官網　https://www.conifertw.com
印務經理　張恩澤
Email　ramachang999@gmail.com

出版與發行　　爾思出版有限公司
320 桃園市中壢區中建里延平路500號12樓之2
電話　(03) 427 7990
官網　https://usliterature.asia
Emai　editor@usliterature.asia

出版日 2023年8月 初版

定價 新臺幣280元

ISBN　978-626-97530-0-0　（平裝）

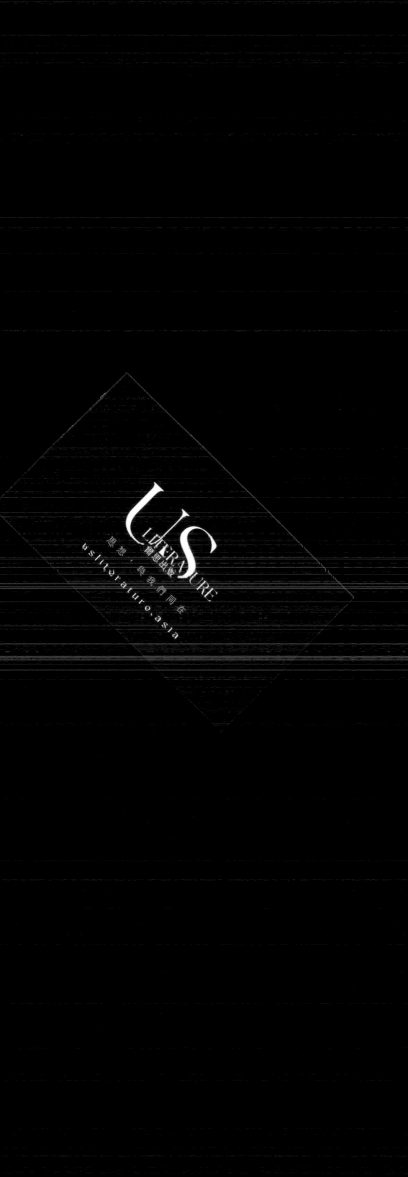

Thank You

支持爾思的商品

期望未來與您有更多的相遇 ————

Antisense！就是要深度閱讀！

交流思想，發現多的可能性

平虜之作

代理經銷/白象文化事業有限公司
401 台中市東區和平街 228 巷 44 號
電話:(04)2220-8589 傳真:(04)2220-8505

國家圖書館出版品預行編目(CIP)資料

平庸之作 / 何杉作. -- 初版.
-- 桃園市 : 爾思出版有限公司, 2023.08
面 ;　公分
ISBN 978-626-97530-0-0(平裝)

851.487　　　　　　　　　112009815